KB237161

문학과지성 시인선 308

그림자를 마신다

이윤학 시집

문학과지성사

문학과지성사에서 펴낸 이윤학의 시집

먼지의 집(1992)
붉은 열매를 가진 적이 있다(1995)
아픈 곳에 자꾸 손이 간다(2000)
꽃 막대기와 꽃뱀과 소녀와(2003)

문학과지성 시인선 308
그림자를 마신다

초판 발행 / 2005년 9월 30일
3쇄 발행 / 2006년 2월 28일

지은이 / 이윤학
펴낸이 / 채호기
펴낸곳 / ㈜**문학과지성사**
등록번호 / 제10-918호(1993. 12. 16)

서울 마포구 서교동 395-2(121-840)
편집 / 338)7224~5   FAX 323)4180
영업 / 338)7222~3   FAX 338)7221
홈페이지 / www.moonji.com

ⓒ ㈜**문학과지성사**, 2005. Printed in Seoul, Korea

ISBN 89-320-1641-0

문학과지성 시인선 308

그림자를 마신다

이윤학

2005

시인의 말

시흥시 목감동에서 2년을 살았다.
4층 사무실에서 텃밭을 바라보았다.
씨앗을 뿌리고 모종을 옮겨 심는 걸 지켜보았다. 나도
한 뙈기 텃밭을 가꿀 수 있다고 믿어보았다.
거둘 수 없는 수확의 기쁨이 찾아왔다. 그것이 내게
시를 옮기게 하는 원동력이었다.

2005년 가을
이윤학

그림자를 마신다

차례

제3부

제1부

직산 가는 길

이 한 줄의 길
이 한 타래의 길
거두어들일 수 없네.

어디로든 도망치자고,
나를 자꾸 끌고 가던 이 길
끝나는 곳까지 가지 못했네.

쭉 뻗은 미루나무
가지마다에
나를 조르던 너의
빛나는 눈빛, 깃을 터는 그
조르던 말들……

망설임은 이제 나에게서 떠나가고 없네.

후박나무 잎사귀 체

살갗에 주름을 잡았다.
윤기 좋은 잎사귀 부채를 버렸다.
후박나무
자기 몸에 사는 벌레를 위해
배고픈 벌레를 위해
벌레의 고치를 위해
자기 몸에 주름을 잡았다.
벌레가 갉아먹기 좋게
잎사귀 즙을 짜버렸다.
벌레가 갉아먹고 남긴
후박나무 잎사귀 체.
가을 햇살을 걸러내 자기 몸
살갗 주름을 치료하는
후박나무 잎사귀 체.

오리

오리가 쑤시고 다니는 호수를 보고 있었지.
오리는 뭉툭한 부리로 호수를 쑤시고 있었지.
호수의 몸속 건더기를 집어삼키고 있었지.
나는 당신 마음을 쑤시고 있었지.
나는 당신 마음 위에 떠 있었지.
꼬리를 흔들며 갈퀴손으로
당신 마음을 긁어내고 있었지.
당신 마음이 너무 깊고 넓게 퍼져
나는 가보지 않은 데 더 많고
내 눈은 어두워 보지 못했지.
나는 마음 밖으로 나와 볼일을 보고
꼬리를 흔들며 뒤뚱거리며
당신 마음 위에 뜨곤 했었지.
나는 당신 마음 위에서 자지 못하고
수많은 갈대 사이에 있었지.
갈대가 흔드는 칼을 보았지.
칼이 꺾이는 걸 보았지.
내 날개는

당신을 떠나는 데만 사용되었지.

풀밭

고래같이 생긴 여객기 한 대
천천히 하늘에 길을 냅니다.

저 하늘 끝이
시퍼런 물의 표면이란 생각이 듭니다.

물고기도 아닌 우리가 어떻게
물속에 앉아 있는지
아무도 모릅니다.

물속에 가라앉은
무수한 섬.

어떻게 생겨났는지.
언제 떠올라 사라지는지.

저 은빛 고래 뱃속에도
수백 개의 옮겨가는 섬이 있겠지요.

시금치밭

성환고등학교 소사 아저씨가 일요일마다
찔통에 인분을 퍼와 뿌리는 시금치밭.
철조망이 세 줄로 쳐진 시금치밭.
봄마다 시금치가 치고 올라와 휴지가
보이지 않는다. 내겐 왜 인분 냄새가
나지 않았나. 겨울 시금치밭이었나.
나는 왜 네 생각만 하고 살았나.
몇 번이나 갈아엎어졌나.

오동나무 그늘

널 만났다 헤어진 자리
돌아보지 말자 다짐했던
돌아볼지 몰라 돌아봤던
팔자 늘어지게 서 있던
오동나무

너와 나 사이
중간 지점 오동나무
내 쪽으로 치우치던
오동나무

거의 잊혀진
유치찬란한 발언들

이제 너만 알고 있거라

민들레

민들레꽃 진 자리
환한 행성 하나가
앉아 있는 것이 보인다.
가벼운 꽃씨들이
햇빛 에너지를
충전하고 있는 것이 보인다.

정거장도
아닌 곳에
머물러 있는 행성 하나

마음의 끝에는
돌아오지 않을
행성 하나 있어

뿔뿔이 흩어질
꽃씨들의
여려 터진 마음이 있어

민들레는 높이
안테나를 세우고
있는 건지도 모른다.

개구리 알 둘

치악산 금대계곡에 가면
비워둔 돌집이 있지요.
돌집 앞에 진흙 웅덩이
찬물이 고여 있지요.

맑게
얇게
봄바람이
대패질을 하고 있지요.

그 아이가 손바닥 위에
개구리 알 둘을
올려놓았지요.

내 눈동자 간격으로
개구리 알 둘을
올려놓았지요.

손바닥이 눈동자를 달았지요.

언제 다시
까마득한 눈동자를 달 수 있겠어요.

나는 그 아이 손을 잡고
치악산 금대계곡 물소리를 듣고 있지요.
언제까지나 구부러진 길을 걷고 있지요.

빗방울

그녀가 현관문을 밀고 나온다.
여름 햇살이 짠한 오후 5시
정원 계단을 밟고 내려서는
그녀 눈에도
둥그스름한 소나무 한 그루가 들어간다.
둥그스름한 빗방울 관을 쓴
소나무 한 그루가 들어간다.

그녀의 눈에서 점으로 보이는
깊은 우물 속이 보이기 시작한다.
빗방울 관을 쓴 소나무 한 그루가
한없이 축소된다.

그녀의 눈 속에
수십 개의 우물이 자리 잡는다.

솔잎 끝에 올라탄
빗방울이 흔들거린다.

빗방울도 뚫을 수 없는
솔잎 끝이 흔들거린다.

뚫어 봐라,
뚫어 봐라,
뚫어 봐라.

그녀의 눈 속
우물 끝을 찔러대는 솔잎.

여자아이와 하트와 화살

성북발 전철 맞은편 자리
여자아이가 동그랗게
나를 쳐다본다.

저건 어디로 가는 입구일까.
폐 금광에 남은 수직
물웅덩이가 떠오른다.

입구를 외면하자
옆에 앉은 아저씨 팔뚝이 나온다.
가는 점선 하트와 교묘히
하트를 꿰고 나간 화살이
새겨진 문신이 나온다.

푸른 화살촉을 따라가자
금빛 도금 벗는 손목
시계가 나온다.

얼마나 오래 살았는가.

얼마나 오려내고 싶었는가.

얼마나 돌아가고 싶었는가.

새소리

창문을 조금 열어두었는데
새벽마다 새소리가 들린다
새장에서 새를 키운 사람은
새장 안에 새소리를 가둔다

창문 밖 단풍나무는
4층 높이까지 품을 밀어올린다
새소리는 단풍나무 품과 한기 어린
겨울 날씨 경계에서 떨린다

붉게 물든 단풍잎사귀 오므라들어
한껏 허공을 움켜쥔
새 발가락을 떠올린다

창문을 조금 열어두었는데
새벽마다 새소리가 들린다
새장 안 새소리가 들린다

은행잎 카펫

은행잎 겹겹이 쌓인
현대빌라 주차장에
쏘나타가 보입니다

지붕 앞유리 뒷유리
보닛 트렁크 위에도
은행잎이 깔렸습니다

그대가 그리워질 때마다
내 마음속에는
은행잎 카펫이 깔립니다

쏘나타를 타고
은행잎 카펫이 깔린 길을
영원히 끝나지 않는 길을
혼자서 달립니다

뿌리

신문지에 싸인 장미 한 다발
전지 당한 장미 한 다발
고무줄로 묶인 장미 한 다발

피었다 시들 장미 한 다발

마음은
수백 번 잘려도
다시 자라는 잔가지

누가 시들 때까지 지켜볼까

누구의 뿌리를 가질 수 있을까

대문 앞

잠든 아이를 업고 나온 할머니
대문 앞을 서성이고 대추꽃이
허옇게 핀 대문 앞은 울렁인다

뒤로 돌려 손가락 깍지 낀 할머니
팔 그네 위에 앉아 잠이 든 아이

대문 앞까지 찾아와
환하게 바닥에 깔린
햇볕 위에서 할머니
느린 스텝을 밟는다

길쭉하게 늘어난 그림자
콘크리트 바닥 전봇대 담벼락에
끌리고 꺾이고 부딪히며
할머니를 따라 돌아간다

억새풀

암소가 뜯어먹은 억새풀
암소 이빨 자국을 밀어붙인다
암소 이빨 자국을 뿌리에서
최대한 멀리로 밀어붙인다

연한 억새풀 억세게
양날을 세운 칼날에
톱날을 갈아 세운다

칼끝이 잘린 칼자루 속으로
이슬방울이 들어가 숨는다
이 세상은 칼집인 것이다

제2부

흰 철쭉

차마,
너에게 하지 못한 말
한 마디 한 마디

잘한 일이다.

연초록 잎사귀 뜯어
살짝 데쳐
초고추장에 찍어 먹지 않은 거

잘한 일이다.

뻔질나게
벌이 들락거려도
입 다물지 못하는

나이테

산등성이 밭에 심긴 매화나무야.
벙어리 이모가 매 맞고 옹알이하는 소리로
겨울바람이 몰아치는 산등성이 아까시* 숲.
온몸을 두들겨 맞아도
꿈쩍하지 않는다.

잔가지 손가락질 끈질기게
끌고 가는 매화나무야.

매화가 필 게야.
매실이 열릴 게야.

* 아까시란 가시가 있다는 뜻으로 붙여진 로비니아 Rhobinia를
  일컫는 우리말. 아카시아 Acacia는 열대성 관목을 지칭하는 라
  틴어 속명.

절름발이 까치

날지 못하는 까치가 있었다. 덫에 치여 한쪽 다리를 못쓰게 된 까치가 있었다. 한쪽 다리로 뛰어가던 까치가 있었다. 인간들에게 잡히지 않으려 있는 힘껏 뛰어가던 까치가 있었다. 도랑이나 산기슭에 처박히던 까치가 있었다. 까치는 제트기와 같아서 활주로가 있어야 날아갈 수 있었다. 까치는 도움닫기를 해야 날아갈 수 있었다. 까치는 한쪽 다리가 부러져 있었다. 까치는 부러진 다리를 질질 끌며 날아가기 위해 안간힘을 쓰고 있었다.

까치는 인간들 손아귀에 들어갔다 풀려나기를 거듭했다. 까치는 잡힐 줄 뻔히 알면서 번번이 기겁을 하고 달아났다. 날개를 펼쳐 들고, 중심을 잡기 위해 바닥을 치면서 내달리던 까치를 보았다. 끊임없이 날개로 바닥을 치면서 내달리던 까치를 보았다. 자신의 몸을 바닥에서 쳐올리던 까치를 보았다. 자신을 포기할 수 없는 까치를 보았다. 자신을 믿을 수 없는 까치를 보았다. 뒤를 돌아보지 않는 까치를 보았다.

장미

세우경로당은 컨테이너
지붕 위엔 양팔 길이
플라스틱 파이프와
이끼 밭 조각들
한 평 반쯤이 얹혀 있다.

낮술에 젖은 할머니 한 분이
야생 아주까리 무리 앞에서
엉덩방아를 찧고 앉아
장미를 빨아대고 있다.

타르 9.0mg
니코틴 1.00mg
장미 가시 껍질이
벌겋게 벗겨지고 있다.

올챙이

성산대교 지나 서해고속도로 가는 길
우측 축대 위에 피어난 개나리
지저분한 까치 한 마리
개나리 꽃그늘 아래
허공을 쪼고 있다
똬리를 튼 무자치
혀를 날름거리고 있다
무자치 아가리 속으로
빨려드는 올챙이 꼬리 둘
지저분한 까치는 연속
무자치 아가리 속 올챙이
몸통을 탐하고 있다

죽변*

통째로 골뱅이를 찐다.
가마솥 뚜껑 위로
싸락눈 곤두박질친다.
웃음소리 피어오른다.

아궁이 앞에 블록벽돌 한 장
젖은 몸 녹이고 가라, 신문지
블록벽돌 위에서 나불거린다.

환한 속 보여주는 아궁이
각목과 판자때기는
바싹 말라 타면서
혀를 내두른다.

길고 넓적한 생선들이
벌건 비늘을 드러낸다.
골을 깊이 판다.

급소마다 폐타이어를 갖다 댄
고깃배들이 옆구리를 맞댄다.
얼어 터진 볼때기를 비벼댄다.

* 경북 울진군 죽변.

기침

주먹을 불끈 쥐고
기침을 시작하는 아버지.
금 캐러 광산에 다닌 아버지.
돌가루 쌓아놓고 사는 아버지.

새벽 4시를 알리는
아버지의 기침 소리.
뭉텅이별이 쏟아지는
아버지의 기침 소리.

네가 갓난아기였을 때
너희 아버지는 금 캐러 가기 전에
금 캐러 갔다 와서
네 눈을 바라보곤 했다.

삼십 후반이 된 아들에게
아버지 얘기를 흘려놓고
어머니

비닐집 속으로 사라진다.

뿌옇게 물방울 열린 비닐집.
갈빗대 튀어나온 비닐집.

경운기 몰고 풀 깎으러 가는
넥타이 허리띠 졸라맨 아버지.

다리

태풍으로 쓰러진 아까시
도랑 위에 다리를 놓았다.

누가 가시를 다 떼어냈나
하굣길 아이 셋
아까시 다리 위에
가랑이를 벌리고 앉아
꽃 핀 말을 타고 간다.

물 밑까지 뻗친 가지
바닥에 걸쳐진 다리
꽃 핀 다리 휘청거린다.

휘감긴 물때 헹궈내는
꽃 핀 다리
물속으로
아까시 향기 흘려보낸다.

아까시 꽃봉오리마다에서
붕어 입 모양
물방울 올라온다.
흙탕물 도랑 위에
떼로 몰려다닌다.

연필을 꺼내 든 여자아이
다리 밑 아까시 꽃향기
하나씩 꽈리를 터뜨린다.

모차르트를 듣는다

낮 동안 클래식이 흘러나온다
컨테이너 농기구 창고 앞
길쭉한 밭뙈기 고추와 실파와
콩 두둑이 모차르트를 듣는다

지하 1층 대경할인마트에는 전축이 있다
붉고 검은 선을 타고 음악이 흘러나온다

빵 굽는 마을 간판 밑 스피커
밭뙈기 가장자리 호박 넝쿨
꺼칠한 잎들 사이사이
노란 귀를 디밀고
모차르트를 듣는다

호박 넝쿨 속 아주까리 대 둘에도
꽃이 피어 파란 열매가 달린다

세우경로당 컨테이너 앞 노인네들

식탁 의자를 하나씩 차지하고 있다
지팡이 손잡이를 만지작거리고 있다

차곡차곡 잎이 따여 대가 긴 상추들
구부러진 대 위에 쌈을 매달고 있다
아린 액이 쌈과 대 사이에 모여 있다
따일 순간을 기다리고 있다

겨울 법수치*계곡

아까시는
숯 막대기 그림자를
눈밭에 눕히고 있다.

숯 막대기들
요동치는
본 막대기를 따라
끌려다니고 있다.

이파리도 가시도 씨방도
태워버린 숯 막대기들이
본 막대기 밑동에 붙어
눈 속을 헤집고 다니고 있다.

본 막대기들은
온몸으로 귀신
울음소리를 몰아내고 있다.

현재는 타버린 것이다.
현재는 벌목된 것이다.

법수치계곡에 들어찬 아까시
십 몇 프로 경사를 무시하고 있다.
영하 십 몇 도
추위를 태워 눕히고 있다.

* 강원도 양양군 현북면 법수치.

손

종합병원 로비에 켜진 TV
푸른빛이 끊임없이
바닷물을 열람하고 있다.

플라스틱 컬러 의자의 열에
맞춰 앉은 사람들
조금씩 입을 벌려
바닷물을 들이켜고 있다.

손바닥으로
찢어지는 입을 틀어막고 있다, 눈물이
찔끔찔끔 나오고 있다.

TV 화면을 등진 한 사람
가랑이를 쭉 벌리고
머리통을 처박고 있다.

터지는 머리통,

머리털을 움켜쥐고 있다.

고통은 바윗덩어리 속에 있다.
단번에 깨부술 수 없다, 그는
얼마 안 된 보호자이다.

우악스런 손가락들
바위 속으로 뿌리를 박고 있다.

확인

막다른 골목은 반환점*이었다.

대리석 붙인 남의 집
대문 기둥을 들이박았다.
룸미러, 백미러가 놓친
대리석 붙인 남의 집 대문 기둥
차 뒤편 불 켜지는 자리 어디쯤
파이고 긁힌 자리 볼 수 없었다.

얼마나 파이고 긁혔는지
금방은 확인할 수 없었다.
하루 이틀 사흘
밤낮이 바뀌어
확인할 용기가 생겼다.

왼편 불 켜지는 자리가
시작되는 곳
푹신 파이고 긁혀 있었다.

같은 차종을 볼 때마다
왼편 불 켜지는 자리가
시작되는 곳
푹신 파이고 긁혔는지
확인하게 되었다.

* 이성복 시인의 말.

광천*

참나무가 늘어선 산모롱이를 돌아서
통일호 열차가 기적 소리를 내뱉는다
급히 철길을 건넌 아주머니
보푸라기 올이 따가운 몸뻬
걷어 내린다

냉이 무리가 이파리를 내려놓고
이른 봄을 기다리고 있는 곳이다

아주머니는 묵정밭에
오줌 줄기를 꽂는다
손잡이도 없는 호스가
언 땅에 筒井을 뚫는다

휘어졌던 창문들이 정돈되어
필름통 속으로 빨려 들어간다

볼 테면 보라지 뭐

니그들이
내가 누군지 알게 뭐여

아주머니 앞으로
학생들을 실컷 실은
파란 줄을 친 버스 한 대
먼지를 털어내며 달려간다

* 충남 홍성군 광천.

겨울밤

산꼭대기 첨탑 위에
붉은 열매가 열렸다
떨어진다.

형광등이 켜진
알루미늄 새시 창문
커튼이 열린다.
성에가 긁힌다.

손톱 밑이 시린
겨울밤에

붉은 열매가
산꼭대기 첨탑 위에
열렸다 떨어지는
겨울밤에

눈보라가 날린다.

끈적거리는
창문 앞에 서서
산꼭대기 첨탑 위
붉은 열매를 바라보는 아이.

붉은 열매는
어디로도 떨어지지 못한다.

눈을 감았다 뜨는 아이.
눈을 감았다 뜨는 아이.

단풍잎 장판

속리산 법주사에 올라가는 길은 평지였다. 단풍잎이 깔린 길은 방이었다. 단풍잎 장판을 밟기 미안했다. 단풍잎 장판 밑에 신발을 넣고 걸어가는 여자아이를 보았다. 댕기머리를 땋아 묶은 여자아이였다. 앞서 가던 할머니가 여자아이를 재촉했다. 여자아이는 발등을 보고 걸었다. 단풍잎 향기가 올라왔다. 여자아이 발밑에서 쌀 씻는 소리가 들려왔다.

냇물에도 단풍잎이 깔려 있었다. 단풍잎 장판에 누워 잘 수 있다면? 오른손으로 오른쪽 볼을 받치고, 누군가와 마주 보고 누워 물 흐르는 소리로 얘기할 수 있다면? 꿈에서라도 그렇게 할 수 있다면? 빨간 플라스틱 바가지에 쌀을 퍼와 씻고 싶었다. 고동색 슬리퍼를 신고 수돗가에 앉아 쌀을 씻고 싶었다. 뜨물이 끈적거리도록 쌀을 씻고 싶었다.

여자아이가 신발을 끌고 걸어간 단풍잎 장판이 깔린 방을 보았다. 두더지 두 마리가 사이좋게 어디론가 가고 있었다.

제3부

나팔꽃

나팔꽃은 시름시름 앓다가도
동이 트면 훌훌 털어버린다.

후회란 원래 그런 졸속이다.

괜히 피었다 싶다가도
피기 전으로 돌아가려 하다가도

어느 순간,
언제 그랬냐 싶게
벗어날 수 있는 것이다.
잊어버릴 수 있는 것이다.

나팔꽃은
뻥 뚫린 목구멍으로
자기 몫인 햇살을 받아 삼킨다.

순간

대한예수교 장로회 원남교회 우측에는
과거의 영혼을 파먹고 사는 밤나무가
쇳덩이 스피커를 달고 있다.

어른 엄지 검지 동그라미 크기 구멍 난
쇳덩이 스피커 속으로
얼음물 옥문 하늘이 내려온다.

비스듬히 바닥으로 기운
쇳덩이 스피커 아가리
마른 풀투성이 바닥에
원을 확대시켜 부려놓는다.

쇳덩이 스피커는 몇 초
외눈이 꽉 차게 떠돌이
해를 담아본다.

짧은 다리 난간 위에 올라

쇳덩이 스피커를 바라보는
미친데기 남자,
삭은 나뭇가지 그늘을 걸치고
눈을 찡그린다.

무덤이라는 동네
—故 전영수

폐 금광을 보러갔다.

폐유 먹은 전봇대
억새를 거느리고 있었다.
사기 단자를 달고 있었다.

콘크리트 벽면을 빠져나온
휘어진 철근들이
손가락질하는 곳마다
으악새가 피어 있었다.

아까시 숲 언저리
찾을 길 없는 길을 더듬었다.

이 천마산* 등성이
네가 살던 함석집.
소주병 누워 박힌
화단 귀퉁이 반 평

금잔디가 떠올랐다.

* 충남 홍성군 서부면의 산.

넝쿨장미

넝쿨장미가 여학교 담장을 둘러쳤다

치와와가 할머니를 데리고
여학교 담장을 지나갔다

오토바이를 탄 중국집 배달 청년
한 손에 철가방을 들고 달려갔다

조퇴 맞고 나온 여학생 둘
넝쿨장미 담장을 끼고 걸어갔다

유모차를 밀고 나온 아줌마
넝쿨장미에 코를 가져갔다

넝쿨장미를 꺾어 든 아줌마
넝쿨장미를 코에 갖다 댔다

야채 트럭을 받쳐 둔 아저씨

만삭인 아줌마 배를 보았다
불룩한 서로의 배를 보았다

목장길 1

해미 목장을 지날 때
목장에 난 길은 백사 한 마리가
푸른 물결을 일으키며
하염없이, 하염없이
언덕을 넘어가는 것이었다

그 자리에 서서
푸른 물결을 뜯어 먹는 한우 떼는
잘 익은 플라타너스 낙엽들
넓적한 바위들 같아
한나절씩 누워 실컷
햇볕이나 충전하고 싶었다, 원 없이
흰 구름이나 피워올리고 싶었다

해미 목장에 난 풀은
차를 타고 달리는
내 마음 한 움큼 멱살 잡고
오지게 오지게 흔들고 있었다

잡혔던 자리에 풀물이 들었다
하늘 거울을 바라보게 되었다

목장길 2

목장 언덕을 오른다.
경운기 한 대 지나기
빠듯한 길이
꼬리를 치며
언덕을 내려온다.

완만한 경사
목장 언덕은 한겨울
파란 구름이 머무는
희한한 하늘이다.

군데군데 무더기로
생풀이 돋아 설렌다.
파란 구름을 헤치고
겨울바람이 지나간다.

한 걸음 옮길 때마다
풀 비린내가 진해진다.

1mm씩 키를 채워간다.

휘어져 언덕을 올라가는 길
휘어져 언덕을 내려가는 길
파란 구름 위를 걷는다.

꼬리를 치며 달려오는 길
끝에 서면 다시
꼬리를 치며 달려오는 길

유월 한낮이다

쨍쨍한 볕이 넘치는 유월 한낮이다.
바깥마당가 호박 줄기에서
푸른 돼지 꼬랑지 손가락들
부드럽게 허공을 감고 돌아가는
유월 한낮이다.

재를 퍼다 분 호박 구덩이
어머니가 내다버린 묵은 동치미 한 독
재를 덮은 동치미 국물 건더기
짓무른 동치미 속이
훤히 내다보인다.

위장 수술 마치고
퇴원해 사랑방에 누워 있다.
쨍쨍한 볕이 넘치는 유월 한낮이다.

속을 씻어내고 가셔낸
동치미 바탱이에 찬 지하수

깊이 들어앉은 거울이다.
속을 우려내는 거울이다.
뜨뜻하게 데워지는 거울이다.

군둥내 천지에 진동하는
유월 한낮이다.
불 때고 옷 껴입어도
속이 거의 드러나는
유월 한낮이다.

파리 쫓을 힘도 없는
유월 한낮이다.
물컹한 동치미만 동동 떠다니는
유월 한낮이다.

그림자를 마신다

장대비 그치고
관악산 삼림욕장 상수리 숲
산책로를 걸었다

약수를 마시고
아욱 쑥갓 텃밭을 따라 걸었다
늙은이들 호박 오이를 따
길가에 늘어놓고 팔고 있었다

남자는 자전거 짐칸에 생수통을 묶고
반백의 머리 숙이고 걸어가고 있었다
벤치에 손수건을 깔고 앉은 남녀는
번갈아 손금을 보는 중이었다

상수리 이파리들이 떨리고
빗방울이 몇 개 떨어져
빈 개집 합판 지붕을 쳤다

비산농원 울타리
푸른 철사 그물에 빗방울이 맺힌다
물린 밥상머리에 앉아 눈물 콧물
비벼 짜는 네 모습 어른거린다

판자때기에 눌러 쓴 먹글씨,
닭·오리에게 돌을 던지지 마라. 기울어
어린 느티나무 첫 가지에 얹혀 지내고 있다

쉰내

대학 찰옥수숫대 꼭대기에서
꽃수술이 방정을 피우고 있다

낫을 들고
대학 찰옥수수를 쳐내는 사람들이
마대부대를 끌고
고랑을 누비고 있다

대학 찰옥수수 밭머리 풀덤불에
내다버린 마름모꼴 수돗가 거울
바람개비 발톱 날을 정지한 채
깨져 있다 대학 찰옥수수 자루
깨진 거울 위에 부려져 있다

긁어 먹힌 알집마다
파리가 박혀 있는 찰옥수수 자루
쉰내를 풍겨내던 시멘트
돼지 구유 속 옥수수 자루

파리떼를 몰고 오고 있다

수돗가 거울 위에 걸린 수건
대학 찰옥수수를 치는 사람들
목에 걸린 수건 땀에 절어
쉰내를 풍기고 있다

등

선학 됫병 소주와 사기 국그릇 앞에서
아버지 등을 돌리고 앉았다.

가오리연 꼬리 돌돌 말린
솔걸 불에 그슬린 독사를
오도독오도독 씹는다.

고추장에라도 찍어 먹는지.
탄 자리가 고소한지.
바싹 말린 노가리
군 맛이 나는지.

카,

앞자락을 질끈 묶어 맨
흙탕물 점박이
혼방 와이셔츠
어깨짝이 해져

말려 올라간다.

흙탕물에 진탕 우려낸 달.
허물을 벗는 달.

흔적

참외 줄기가 기어가는 걸 본 누군가는
참외 줄기 밑에 막대기를 박아두었다.
막대기 위에 참외 줄기를 들어올렸다.
나일론 줄로 참외 줄기를 묶어놓았다.

도랑물 소리에 귀를 여는
참외꽃을 본 누군가는
웃음을 떠올렸다.

참외꽃이 자갈을 타고
내리는 도랑물 소리를 섞어
참외를 키우고 있었다.

누군가는
막대기 참외 줄기 끝
새순을 따라서
노래진 하늘을 보았다.

솜털 앙증맞은 참외들
참외 줄기들 참외꽃들
막대기에서 말라붙었다.

애무

빈집 울타리 사철나무 가지들아
너희는 실타래 한 꾸러미인가 보다
엉키고 엉켜 톱날로 잘린 실타래
한 꾸러미인가 보다

이제는 잘릴 일도 남지 않았나 보다
흙벽에 발린 시멘트가 떨어지고
여물을 비벼 입힌 흙벽도
이제는 부스러져 내린다

가는 새끼줄로 수숫대 엮어 만든
칸막이벽이 드러난다
부엌이 방이 드러난다
광이 헛간이 드러난다

매년 봄날에
톱날에 잘려
나이테 검사를 받던

사철나무 가지들아

너는 너와 어울려 가지를 비벼댄다
너는 너와 어울려 체온을 나눠 가진다

은행잎들

괭이 울음 찢기는 밤
포장을 쓴 기와집
뒤꿈치를 들고 냉방을 건넌다

산발한 누이야
아직 거기 앉아 있는가
오줌 싸러 가는 사람 기다리는가
염소처럼 쪼그리고 앉아 있는가
누군가의 간을 떨어뜨리는가
머리카락 치켜세워주는가

비 맞은 은행잎 달라붙은
14인치 컬러 TV 브라운관
도끼로 깨부순 누이야
이만 오천 볼트 전류가 흐르던가
은행나무 밑동 절반 도끼로
찍어 먹은 누이야

은행잎들이 떨어지는
순간들을 기억하는가
은행잎들이 떨어지는 길이만큼
한숨도 쉬고 있는가

팔월

네가 살던 양옥집
커브 길 언저리에
장미 넝쿨 꽃 피었다.

참새들 머리는
뭔가를 찾아서
끝없이 헤맨다.

심장을 꺼내
장미 넝쿨 안에 뒀음
좋겠다는 생각.

실지렁이 대신
참새가 찍어 먹었음
좋겠다는 생각.

아직 장미 넝쿨 안에서
초침에 맞춰 뛰고 있는

실핏줄 선명한 심장.

지긋지긋하게 피었다,
벌레가 꼬인 장미 넝쿨
떨어진 꽃 이파리 생각.

납가새*

목선 하나 납가새 덮인 뻘 위에 묶여 있다.
목선 하나 물 나간 뻘 위에 붙어 있다.
한 바지게 뻘이 목선 안에 고여 있다.
납가새 목선 안에서 자라고 있다.

밀물이 들어오면 바닥이 들려
파도 체를 타고 쏠려다니는 납가새
목선 안에서 자라고 있다.

목선 바닥에 뿌리 닿은 납가새
목선 바닥 저편에
무엇이 있는지 모르고 있다.

* 바닷가에 사는 한해살이 풀. 여름철에 노란 꽃이 피고, 가을에
  날카로운 가시가 달린 다각형 열매가 익는다. 나문재, 남가새,
  칠면초라고도 부른다.

제4부

겨울 하늘

소나무 기둥 허리 가는 못에 걸려 있는 프라이팬.
소나무 기둥 골 지고 갈라지는 무늬를
이십 년 새 바라보고 있는 프라이팬.

아이들 손바닥 들어
살짝 오므린 크기
셋이 들어앉은 프라이팬.

반숙 계란 프라이
밥에 얹은 어머니.
밥상 든 어머니.
벗은 발 어머니.

진눈깨비 밟고
방으로 오신다.

눈

하숙집엔 성에 무늬 홑창 문이 있다
창문 높이로 비포장 길이 걸려 있다

그대가 찍는 하이힐 소리
모든 눈을 찍고 왔다
그대의 하이힐 굽 못대가리
모든 눈을 찍고 왔다

아침나절
비질 소리 들려왔다

태양이 눈 알갱이
일일이 녹여주는 한낮
지팡이 찍는 소리 들려왔다

개미

수원시 권선구 권선동 벽산아파트 805동
옆 놀이터, 농구 골대 근처에서
무수히 팅겨지는 농구공 아래
농구공보다 많은 개미들이
바삐 움직인다

흘러넘친 맥주 거품에 꼬인 개미들아
모든 상관없는 것들아
시커멓게 바닥이 움직인다

남부터미널

험상궂은 중년 남자
잠든 아이를 품에 안고 있다
어디론가 휴대폰을 걸고 있다

왼손은
아이의 등을 토닥거리고 있다
무릎을 굽혔다 폈다 하고 있다
아이의 잠을 부추기고 있다

십일월

창밖 아까시 잎이
TV 화면에서 떨어진다.

누가 누구와 가위바위보를 하는가,
이가 빠진 할머니가 산 세월을 빠르게 보고 있다.
누런 이빨들이 TV 화면에서
정신없이 흔덩거리고 있다.

누런 햇살이 떨어지고
하늘로 튕겨지고,
옆으로도 가고 있다.

혼자 사는 집
안이 더 춥다.

시월

낮잠에서 깨어나 듣는 털 난 매미 소리
귀 어두운 아버지가 틀어놓은
골방 라디오 소리
스테레오 FM이 복음성가처럼 퍼져나간다

그런데 누가 바닥까지
서늘하게 에어컨을 틀어놓았나

언젠가 시월 넘긴
털 난 매미 소리에서
서늘한 냉기가 나와 바람이
선선해진다고 생각한 적이 있다

털 난 매미 소리는
볼륨 조절이 안 된다
온도 조절이 안 된다
감정 조절이 안 된다
낮잠에서 깨어나 듣는

털 난 매미 소리

이제 머지않아
한 살씩 챙겨 먹는다,
이 세상 사람들에게 알려준다

찔끔찔끔 떨어지다
물 한 방울 모아 마지막으로
허연 입가에 맺는 수도꼭지

추석

호두나무 아랫자락 풀 더미에서
쓰레기봉투를 뒤집어 태운다
끄름이 불길을 끄집어 당긴다

지호 어머니
수평으로 굽은 허리
바지랑대 들고 편다

꺼칠한 몸뻬 올들이 일어나
햇빛 구경을 한다
진흙 반죽 얼굴에서
그을린 주름이 잡힌다

아직 벌어지지 않은
호두 알 속에도 주름이 잡힌다
벌레가 파먹다 만 호두 잎사귀
햇빛이 내려앉는다

지들끼리 엉겨 붙어
타들어가는 쓰레기
끄름 그림자가 낮아진다
끄름 그림자가 얇아진다

낮 동안 참깨를 두드린
지호 어머니
몸뻬 밖으로 삐져나온
복숭아뼈들이 서로를 바라본다
부르터 부르튼 서로를 바라본다

끈

벌통 앞에 말벌이 나타났다.

물려 죽은 꿀벌의 시체
벌통 앞에 널려 있다.

말벌에게 달라붙은 꿀벌
말뚝 침을 박아 넣은 꿀벌
몸을 비틀어 돌린다.
내장이 풀려 나온다.

내장이 끝날 때까지 기어가다
멈춘 꿀벌의 뒤집힌 다리들
배를 감싸 안는다.

닭대가리들

닭장차가 멈추자,
닭대가리들이 쇠창살을 뚫고 나왔다.

눈이랑 귀랑 코랑 주둥이
볼썽사나운 벼슬이랑 목울대

정체가 풀리면 곧장 달려갈 닭장차,
폐계들이 제멋대로 구경하는
여름 한나절 고속도로 노상 주차장.

닭대가리들은
서로 비슷해
지나가고 나면
어디에도 안 남는다.

몸의 철창에 갇혀
바깥을 기웃거리다
철창으로 돌아간다.

호박꽃

오늘은
삼호가든아파트 상가 옹벽 밑
땅덩어리를 따라서
다섯 개 귀를 몰아 쥔
노란 별 여덟 개가 떴다

호박잎 구름이 흔들려
노란 별 여덟 개는
후덥지근한
숨을 들이마신다

노란 꽃수술에 불이 들어와
노란 호박꽃은 대낮보다
밝고 뜨겁게 달아오른다

노란 별을 하나씩 단 애기 호박
이면도로를 지나가는 차
엔진 소리를 담아본다

사람 얼굴을 바라본다

저녁엔 씨앗을 바라본다
다섯 개 눈꺼풀을 감는다

하루 종일 귤만 까먹었다

하루 종일 귤만 까먹었다
현기증이 노래지도록
신물이 넘쳐나도록
하루 종일 귤만 까먹었다

너라는 존재
무수히 위장 속에 침을 놓고
떠날 때까지
하루 종일 귤만 까먹었다

구역질이 쉬지 못하도록
손톱 속이 노래지도록
하루 종일 귤만 까먹었다

수도꼭지

푸른 플라스틱 양동이 가득
수돗물을 틀어놓은 적이 있다

비춰서 수도꼭지를 담은
푸른 플라스틱 양동이
자욱이 먼지가 내려앉고 있다
두툼한 새살이 돋아나고 있다

푸른 플라스틱 양동이 속 수돗물
항시 수도꼭지를 담고 있다
점점 쪼그라들고 있다

푸른 플라스틱 양동이 속 수돗물
바닥 가까이 수도꼭지를 끌어안고 있는
푸른 플라스틱 양동이 속 수돗물

밤나무

개 사육장
슬레이트 지붕 마빡에
알밤이 박힌다.

속을 게워낸 밤송이 단 밤나무
바깥마당 쪽마루에 걸터앉아
달빛을 받던 할머니.

무릎 하나는 쪽마루에 올리고
바깥마당에 떨어진 밤송이
이슬이 맺히는 걸 바라보던 할머니.

돼지우리 지붕 위
반만 죽은 밤나무
죽은 가지 밑에서
죽은 가지 끝으로
껍질을 걷어 올린다.

산 밤나무 바깥에 벌레가 낀다.
죽은 밤나무 속에 벌레가 산다.

갈대

이제 제발 아픈 척하지 말자.

이제 제발 죄진 척하지 말자.

이제 제발 늙은 척하지 말자.

어머니 말씀

똥독도 항상 다독거려야 한다.
다독거리지 못하면
휘젓지나 마라.

못 박힌
소나무 작대기로
휘젓지나 마라.

네게만 냄새 난다.

응시와 묘사의 매혹

정 병 근

시에 정답은 없다. 그럼에도 시인들은 정답을 찾으려고 발버둥친다. 가물가물한 이미지의 옷자락을 붙들고 혈안으로 밤을 지새는가 하면 마치 부처님 불알이라도 만진 양 사자후를 토하며 좌중에게 자신의 시를 설파하기도 한다. 그러나 다가가면 갈수록, 잡으면 잡을수록 더 멀어지는 세속의 사랑처럼, 이튿날 정신을 차렸다 싶으면 어느새 한 발짝 물러서 있는 시를 발견하고 만다. 시가 객관식이라면 얼마나 좋을까. 정답 없는 것이 어디 시뿐이랴. 사람 살이가 그러하고 모든 존재의 이유가 또한 그러할진대, 정답에 이르기 위한 치열한 문답의 전 과정이야말로 정답 없는 정답인 셈이다.

시를 생각하는 매 순간마다 시인은 절망한다. 절망하면서 거듭 태어난다. 그게 시의 힘이고 시인의 숙명이다. 시는 시인의 고뇌의 뇌수를 파먹고 사는 짐승이다. 마침내 고뇌가 다할 때 시는 시인을 떠나겠지만, 그러나 역설적이게도 시인이 숨쉬기를 멈추는 순간 한 무리의 시가 완성됨을 목도한다. 시인의 생의 파란만장이 시에 보태질 때, 시는 비로소 하나의 면모를 얻게 되는 것이다. 시에 정답은 없다. 시인은 전면적으로, 전 존재의 매장량으로 묵묵히 나아갈 뿐이다.

이윤학의 시는 담백하고 명징하다. 범박하거나 가볍다는 얘기가 아니다. 일체의 수다와 습기가 제거된 그의 시는 드라이하면서도 단단하다. 그의 시는, 섭씨 3,000도 이상의 고열로 구워낸 도자기 같은 시이다. 야구로 치면 그는 160킬로 대의 강속구를 뿌려대는 투수이며, 바둑으로 치면 치열한 기세 싸움 끝에 기어이 중앙으로 한 점 머리를 치밀고야 마는 끈기와 강수의 기사다. 그는 시에 있어서만큼은 기교나 타협을 허용하지 않는다. 시시각각 싸움을 걸어오는 세상과 언제나 정면으로 맞설 뿐이다. 변명은 필요 없다. 네(시적 대상)가 죽지 않으면 내가 죽는다. 시는, 기교와 타협으로 얻어지는 것이 아니라 마침내 승리하여 나아가는 것이다. 그 싸움의 끝장에 사리 같은 그의 시가 촘촘히 박혀 있다. 그는 극한까지 자신을 몰아붙이는 시인이다. 이가 깨지고 피투성이가 되는 한이 있어도 끝내 시를 붙잡고 놓지 않는다. 그는 그토록 지독한 사람이다.

　시에 대한 그의 이러한 자세와 독기가 그의 시의 독특한 아우라를 만들어낸다. 진술과 사변이 넘쳐나는 요즘의 시들과 대비해볼 때, 그의 시는 확연히 다른 데가 있다. 그는 진술이 몰고 다니는 수다스러움에 대해 거의 본능적인 거부감을 가지고 있는 듯하다. 그는 진술의 한계와 폐단을 누구보다 잘 알고 있는 시인이다. 모든 진술(언술)은 그 욕망의 속성상, 가짜 위로와 사이비 교리의 진원지라는 근원적 혐의에서 결코 자유로울 수 없다. 그가 싫어하는 것도 바로 진술의 이런 점 때문일 것이다. 진술은 끊임없이 자신을 복제하고 확장하려는 유혹에 빠진다. 말〔言〕이 말을 낳고 낳아 기하급수적으로 불어난 과잉을 감당하지 못하고 마침내 말은 장렬한 최후를 맞고 만다. 바벨탑의 단죄처럼. 말이 지나간 자리는 이렇듯 폐허만 남는다. 말로써 세상을 구원하겠다는 생각이 빚어낸 결과이다. 그는 시로 세상을 구원하리라는 생각에 단호하게 돌을 던진다. 그는 시가 구원이 될 수 없음을 누구보다 먼저 깨달은 사람이다. 시로써 무엇을 하겠다는 생각, 이야말로 그가 진술(진술시)을 싫어하는 결정적인 이유이다. 시는 그냥 시일 뿐이다. 그냥 거기 있을 뿐이다. 바로 이 지점에서부터 그의 시는 출발한다. 그의 시작(詩作)의 방법론 또한 이런 생각과 매우 유관함은 두말할 나위도 없다. 따라서, 그의 시 미학을 제대로 이해하려면 그의 시작의 방법론부터 알아보는 것이 순서일 것이다. 그가 그토록 싫어하는 진술의 대척점에 묘사가 있다.

　이윤학, 그는 응시와 묘사의 시인이다. '묘사'야말로 그를, 그의 시를 그의 시답게 만드는 원료이며 키워드이다. 그에게 묘사는 진술을 극복하는 대안이며, 시적 감동과 성취를 한 단계 업그레이드시키는 수단이다. 그는 '말하기(진술)'보다 '말 안 하기(묘사)'를 통해 고통의 뇌수를, 들끓는 상처를, 욕망의 안팎을 적나라하게 보여주고자 한다. 그의 시는 매미 소리 낭자한 여름 한낮의 땡볕처럼 쨍쨍하고, 호수 밑바닥의 돌처럼 먹먹하고, 바람에 씻기는 버드나무처럼 골똘하다. 그것이면 된다. 더 무슨 말이 필요하겠는가. 말을 하는 순간, 시는 실패하고 만다. 이 게임에서는 먼저 입을 열거나 숨을 쉬는 자가 진다. 어릴 때 즐겨 했던 숨 참기 놀이나 말 안 하기 놀이에서처럼 말이다. 요컨대, 진술(생각의 욕망)로 덧칠한 그림보다 군더더기 없는 한 컷의 사진이 훨씬 더 깊은 여운과 감동을 준다. '그립다'고 백 번 말(진술)하기보다 '그리운 정황'을 포착하여 적확하게 묘사하는 것이 훨씬 더 그립게 한다. 이것이 바로 묘사의 힘이다. 묘사는 말 없음의 자장이 만들어내는 거리와 여운의 미학이다. 일정한 거리를 두고 되새기면 되새길수록 더 깊이 각인되는 필생의 장면 같은 것이다. 이윤학은 이러한 묘사의 매혹을 잘 알고 있는 시인이다. 묘사로 다져진 그의 시를 읽다 보면 어떤 염결성마저 느껴질 때가 있다. 그는 응시와 묘사라는 화두를 가지고 자신만의 독특한 시 세계를 담금질해왔다. 진술은 철저히 죽일 것. 무엇을 말하려 하지 말 것. 설득하지 말 것. 대상의 범위를 최대한 좁힐 것. 눈에 핏발이 설 때까지, 눈물이 저절로 흘러내릴 때까지 지켜볼 것. 이것은 그가 그의 시를 위해 지켜야 할 스스로의 엄혹한 계율이다. 그는 시를 '쓰'지 않고 '옮긴다'는 표현을 고집한다.

시작(詩作) 과정을 대강 도식해보면, ① 본다 → ② 떠올린다 → ③ 쓴다로 요약할 수 있을 것이다. '본다'는 것은 시 이전의 현상 세계에 대한 응시이다. 시인은 이 봄[觀察]을 통해 최초의 시적 동기를 포획하는데, 이것은 곧 묘사의 질료가 된다. 무언가를 골똘히 관찰하고 한 곳을 집중적으로 응시하면서 시인은 어떤 '시적인 것'을 떠올린다. 그것은 과거의 기억일 수도 있고, 새로운 발견일 수도 있다. 시인은 이 떠올리는 단계에서 생각을 버무린다. 바야흐로 진술이 개입하려는 참이다. 그리고 시인은 시를 쓴다. 이때, 쓰는 행위는 시작의 태도와 방법론에 따라 다시, '받아 적는다, 짓는다(만든다), 옮긴다 등'으로 구분할 수 있을 것이다. 말장난 같지만, 따지고 보면 자신의 생각을 받아 적거나 옮기거나 만드는 것은 매한가지일 터인데 굳이 이렇게 나누는 것은 묘사(이미지)와 진술(메

시지)에 대한 시인의 시적 기울기를 판가름해보는 하나의 단서가 되겠기 때문이다. 받아 적거나 만든 시라면 이는 진술 쪽에 더 비중을 둔 시일 것이다. 그러나 옮긴 시라면 훨씬 묘사적인 시가 될 것이다. 전자는 자의적으로 메시지(진술)를 생산하고 통어한다는 전지적인 입장인 반면, 후자는 이미 있는 것(시)을 그대로 옮길 뿐이라는 데서 확연한 입장 차이를 드러낸다.

이윤학의 시적 입장은 물론 후자이다. 그는 철저한 묘사주의자이기 때문이다. 그는 시를 쓰지 않고 옮긴다. 읽는 사람에게는 얼핏, 그의 시가 재미가 덜해 보이는 것도 이와 같은 시작 방법 때문일 것이다. 따라서 그의 시를 읽을 때에는 약간의 인내가 필요하다. 거의 진공 상태에까지 몰아가는 묘사가 독자를 숨 막히게 만든다. 그러나 숨을 참고 한 편의 시를 다 읽어냈을 때 찾아오는 여운은 오래도록 뇌리에 남아 그 되새김에 값한다.

이번 시집 『그림자를 마신다』 맨 앞에 실린 '시인의 말'을 곰곰이 읽어보면 그 속에 사실상 그의 시작의 태도와 방법론이 고스란히 들어 있음을 알 수 있다.

시흥시 목감동에서 2년을 살았다./4층 사무실에서 텃밭을 바라보았다./씨앗을 뿌리고 모종을 옮겨 심는 걸 지켜보았다. 나도/한 뙈기의 텃밭을 가꿀 수 있다고 믿어보았다./거둘 수 없는 수확의 기쁨이 찾아왔다. 그것이 내게/시를

옮기게 하는 원동력이었다.　　　— '시인의 말' 전문

　그는 살았고, 바라보았고, 지켜보았고, 믿어보았으며, '거둘 수 없는 수확'의 기쁨의 힘으로 시를 (쓰지 않고) 옮겼다. 거둘 수 없는 수확은 창작의 수확, 즉 옮기기 이전의 시일 것이다.

　그의 시에는 결코 전 풍경이 드러나지 않는다. 전 풍경은 전 규모를 파악할 수 있게 해주지만 그러나 그런 류의 그림은 얼마나 밋밋하고 공허한가. 시가 사진이라면 그는 접사의 방식을 즐긴다. 응시하는 피사체의 중심부에 앵글을 바짝 갖다 대고 나머지 배경은 흐릿한 상태로 그냥 버린다. 그렇게 얻은 한 장의 사진이 깨끗하면서도 참 아름답다. 그것이면 족한 것이다. 나는 내 시에서 너무 많은 것을 기대하지는 않았는가. 너무 큰 것을 염두에 둔 자, 작은 하나를 뚫어지게 바라보라. 거기에 시의, 세상의 핵심이 있을지도 모른다.
　그는 이번 시집에서도 그 빛나는 묘사의 힘으로 주옥같은 시편들을 한 다발의 구슬처럼 꿰어놓았다. 그의 시는 해감이 다 가라앉은 뒤의 물속처럼 맑고 투명하다. 그것은 응시의 깊이가 한층 더 깊어지고 그윽해진 결과이다. 몹시 울고 난 뒤의 하늘처럼, 추억과 상처의 숨 막히는 고통의 통로를 걸어오는 동안 그는 이제 더 멀리, 더 깊이

이르는 응시의 눈을 가지게 되었다. 그리하여 이번 시집
은 상처의 중심에 있고자 갈망했던 지난 시집들과는 변별
점을 갖는다. 그는 풀밭에 앉아 문득 하늘의 깊이를 본다.

고래같이 생긴 여객기 한 대
천천히 하늘에 길을 냅니다.

저 하늘 끝이
시퍼런 물의 표면이란 생각이 듭니다.

물고기도 아닌 우리가 어떻게
물속에 앉아 있는지
아무도 모릅니다.

물속에 가라앉은
무수한 섬.

어떻게 생겨났는지.
언제 떠올라 사라지는지.

저 은빛 고래 뱃속에도
수백 개의 옮겨가는 섬이 있겠지요.   ──「풀밭」전문

만일, "저 하늘 끝이/시퍼런 물의 표면"이라면 땅 위에 존재하는 우리는 "물속에 가라앉은/무수한 섬"처럼 막막할 것이다. 심연의 적막을 견디는 일은 답답하고 고통스럽다. 마치 '저수지에 빠진 돌'처럼. 그 깊이와 고통을 벗어나기 위해서는 나의 무게(중력)를 극복하고 물의 표면 위로 떠오르는 방법밖에 없다. 그러나 설사 표면에 이르렀다 해도 물을 완전히 벗어나기는 불가능하다. 살아 있는 한 중력이 나를 지배할 것이므로. 나의 존재를 물속으로부터 완벽하게 부양시키는 방법은 유체 이탈, 즉 죽음뿐이다. "언제 떠올라 사라지는지" 죽음은 현상 세계를 벗어나는 유일무이한 길이며 구원임을 그는 얼핏 독백한다. 그러나 독백할 뿐, 적극적인 탈출 의지를 보이지 않는다. 그 까닭은, "거꾸로 박혀 있는 어두운 산들이/돌을 받아먹고 괴로워하는 저녁의 저수지//바닥까지 간 돌은 상처와 같아/곧 진흙 속으로 들어가 섞이게 되네"(「저수지」, 『붉은 열매를 가진 적이 있다』)에서처럼 고통에 대한 자발적인 반응이 생략되었기 때문이다. 의식적이든 무의식적이든 그는 지금 상처의 중심에서 다소 멀어져 있다. 끝 간 데까지 가본 고통의 시간이 그와 대상 사이에 간격을 만든 것이다. 어둡고 침침한 '저수지'를 빠져나온 그는 풀밭에서 젖은 몸을 말리며 더 깊고 더 넓은 하늘을 응시하고 있는 것이다. 그가 "돌을 받아먹고 괴로워하는 저녁의 저수지"에서 한낮의 투명하고 푸른 하늘로 눈을 돌린 것은 이

처럼 우연이 아니다. 앞서의 「저수지」가 침잠하는 고통에
반응하는 울음이었다면, 위의 시 「풀밭」은 눈물이 그친
뒤에 찾아오는 투명한 슬픔 같은 것이다.

그의 몸속에는 잘 늙지도 죽지도 않는 한 마리(!) 소년
이 살고 있다. 소년이 사랑했던 소녀는 오래전에 죽었다.
소녀의 죽음이 소년의 기억에서 지워지지 않는 한 소년은
추억의 테두리에서 한 발짝도 벗어날 수 없다. 그것은 소
년의 비극이자 곧 그의 비극이다. 그는 소년과 함께 뼈아
픈 상처의 처소를 돌아다니며 사랑의 부재를 확인한다.

　　이 한 줄의 길
　　이 한 타래의 길
　　거두어들일 수 없네.

　　어디로든 도망치자고,
　　나를 자꾸 끌고 가던 이 길
　　끝나는 곳까지 가지 못했네.

　　쭉 뻗은 미루나무
　　가지마다에
　　나를 조르던 너의
　　빛나는 눈빛, 깃을 터는 그
　　조르던 말들……

망설임은 이제 나에게서 떠나가고 없네.

—「직산 가는 길」 전문

　직산은 사금이 있던 곳이고 연탄 공장이 있던 곳이고 붉은 벽돌집이 유난히 많던 곳이다. 그곳은, 예전에 사금을 채취하던 곳이고 누군가가 죽은 아픈 기억의 장소이다. 소년은 오래전에 그곳을 떠나 이제 중년이 되었지만, 그 안의 소년을 통해 여전히 그 길을 벗어나지 못했음을 깨닫는다. 머릿속에 각인된 고통스런 "한 타래의 길"을 "거두어들일 수 없"음에 절망한다. 아플수록 기억은 이토록 선명한 것인가. 당장 달려가서 "나를 조르던 너의/빛나는 눈빛"과 "그/조르던 말들"을 들어주고 싶지만 그러나 이미 늙어버린 그에게는 머뭇거릴 시간조차 없다. '너'의 주위를 맴돌며 망설이기에는 너무 멀리 와버린 것이다. 세월에 대한 어쩔 수 없는 회한이 묻어나는 대목이다. 먼 길을 걸어온 자의 곤구함에 더하여 아련한 슬픔이 오래도록 남는 시이다. 의식했든 안 했든 소년은, 그는 어느덧 불혹의 문턱을 넘은 중년이 된 것이다. 귓가에 선명한 말들을 뒤로하고 그는 또 어쩔 수 없이 숙명처럼 길을 재촉할 수밖에 없다. 오오, 실패한 사랑아. 너 참 내 앞에 많이 있구나.

　오리가 쑤시고 다니는 호수를 보고 있었지.

오리는 뭉툭한 부리로 호수를 쑤시고 있었지.

호수의 몸속 건더기를 집어삼키고 있었지.

나는 당신 마음을 쑤시고 있었지.

나는 당신 마음 위에 떠 있었지.

꼬리를 흔들며 갈퀴손으로

당신 마음을 긁어내고 있었지.

당신 마음이 너무 깊고 넓게 퍼져

나는 가보지 않은 데 더 많고

내 눈은 어두워 보지 못했지.

나는 마음 밖으로 나와 볼일을 보고

꼬리를 흔들며 뒤뚱거리며

당신 마음 위에 뜨곤 했었지.

나는 당신 마음 위에서 자지 못하고

수많은 갈대 사이에 있었지.

갈대가 흔드는 칼을 보았지.

칼이 꺾이는 걸 보았지.

내 날개는

당신을 떠나는 데만 사용되었지.　　　　　——「오리」전문

　모자람 없이 충만한 사랑은 종교적 찬양에 다름 아닐 것
이다. 찬양은 무미건조한 동어반복에 불과할 뿐이어서 인
간다운 드라마가 없다. 선천적인 모자람으로 끝내 실패했
을 때, 사랑은 더 절실한 애틋함으로 다가오는 법이다. 정

인(情人)을 앞에 두고, 자주 고름 입에 물고 뱅뱅 도는, 끝내 돌다가 말았을 때의 그 허전함과 안타까움이야말로 드라마의 백미가 아니던가.

호수의 가장자리를 맴돌면서 자신에게 필요한 것만 취하고 미련 없이 떠나버리는 오리의 무지함과 이기심을 시인 자신의 심경에 빗대고 있는 이 시는, '호수'를 '그 여자'로 바꿔놓고 보면 그녀를 대하는 그의 태도가 적나라하게 드러난다. 그는 호수에 앉아 부지런히 먹잇감을 찾는 오리이다. 그는 마치 당연한 듯 그녀의 "몸속 건더기를 집어삼키고," 그녀의 "마음을 쑤시고," 그녀의 "마음을 긁어"댄다. 그러나 내색 없는 그녀의 마음은 너무 깊고 넓어서 그가 "가보지 않는 데" 더 많다. 그는 오직 편의대로 그녀의 마음 가장자리에서만 놀다가 밖으로 나와 "볼일을 보고" 필요하면 다시 그녀의 품으로 가서 떠다니곤 한다. 마치 돌아온 탕자처럼. 그러나 그는 끝내 그녀의 중심에는 가지 않고 숨기 좋은 갈대밭 사이를 서성이며 그녀의 눈치를 본다. 이윽고 그의 속셈(그녀를 진심으로 사랑하지 않는다는 사실)을 알아차린 그녀가 분노의 칼을 뺄 때, 그는 기다렸다는 듯이 후다닥 날개를 쳐서 달아난다. 그녀를 버리고 떠나는 것이다. "내 날개는/당신을 떠나는 데만 사용되었지"라니! 그녀에게 올 때부터 그는 이미 떠날 준비를 하고 있었던 것이다. 만나자마자 떠날 궁리부터 하는 사람은 비겁하다. 그는 어쩌면 세상 대부분의 남자

들과 닮았다. 그 여자야말로 "우리 모두가 붙어먹던 여자"(김요일 시인의 시 「인어 이야기」에서 따옴)가 아니던가. 그와 우리는 공범이다. 이 남자 저 남자에게 휘둘리다 홀로 초라하게 늙어가는 한 여자를 우리는 기억해야 한다. 그가 꿈꾸던 사랑은 그 자신의 이기심과 망설임 때문에 물거품이 되고, 결국 앙금처럼 뼈아픈 후회로 남게 된다. 제발로 떠나온 사랑 때문에 그와 우리는 지금, 몹시, 아프다.

마음의 끝에는
돌아오지 않을
행성 하나 있어

뿔뿔이 흩어질
꽃씨들의
여려 터진 마음이 있어

민들레는 높이
안테나를 세우고
있는 건지도 모른다.   ―「민들레」 부분

그는 마음이 여리다. 여린 것들에 대한 연민이 더욱 그를 여리게 한다. "뿔뿔이 흩어질 꽃씨들"은 어쩌면 별의 행로와 닮았다. 지금은 함께 모여 있지만 곧 바람에 흩어

져서 다시는 돌아오지 않을 꽃씨들. 남김없이 다 날아갈 때까지 그는 새끼를 품은 전갈처럼 꽃씨들을 지키고 있다. 고독한 적막을 견디고 있다. 그는 이런 여린 마음의 촉수로 버려지거나, 갉아 먹히거나, 바보처럼 당하는 속수무책인 것들에 대해 무한한 연민과 애정을 보낸다. 그가 쳐놓은 그물눈은 촘촘하기 이를 데 없다. 그는 돋보기 초점 같은 눈으로 벌레 먹은 후박나무 입사귀 체(「후박나무 입사귀 체」)의 저 아낌없는 심성을 더디게 오랫동안 비추는가 하면, 장미 다발이 시드는 과정을 지켜보고자(「뿌리」) 갈망한다. 그는 바닥의 물이 다 마르도록 수도꼭지를 꼭 껴안고 있는 양동이(「수도꼭지」)가 되었다가, "내장이 끝날 때까지 기어가다/멈춘 꿀벌"(「끈」)이 되기도 하면서 고통스런 시간의 극한을 고스란히 감내하고자 한다. 넌덜머리나도록 지독한 그의 이런 응시가 그의 시를 만들어낸다. 아니, 옮기게 한다.

목선 하나 납가새 덮인 뻘 위에 묶여 있다.
목선 하나 물 나간 뻘 위에 붙어 있다.
한 바지게 뻘이 목선 안에 고여 있다.
납가새 목선 안에서 자라고 있다.

밀물이 들어오면 바닥이 들려
파도 체를 타고 쏠려다니는 납가새

목선 안에서 자라고 있다.

목선 바닥에 뿌리 닿은 납가새
목선 바닥 저편에
무엇이 있는지 모르고 있다.　　　　　—「납가새」 전문

　그는 시에게 아무런 말도 걸거나 간섭하지 않음으로써, 시를 쓰지 않고 그냥 옮김으로써, 시적 대상과의 완전한 합일을 꿈꾼다. 현상 세계의 크고 작은, 사소하거나 사소하지 않은 모든 것들은 이미 그 자리에 있는 것이다. 시 이전의 것인 것이다. 불이(不二), 불립문자(不立文字)의 세계가 거기에 있다. 나는 그의 시를 통해, 말하는 것보다 말하지 않는 것이 얼마나 어려운 일인 줄 새삼 깨닫게 되었음을 숨기지 않겠다. 그의 표현대로, "언어는 정신까지 가기 위한 도구일 뿐이다."
　그의 시에는 오색 무늬를 품은 구슬들이 자그락거리고, 잘 구워진 그릇들이 부딪치는 소리가 쨍쨍하다. ▨